I0684139

Ye

14650

ODE

SUR

LA PAIX DE TILSITT;

Par D. BAILLOT, Sous-Bibliothécaire
de la ville de Versailles.

A PARIS,

Chez { BALLARD, Imprimeur - Libraire, rue
J.-J. Rousseau, n°. 8;
Et les Marchands de Nouveautés.

1807.

A L'EMPEREUR

DES FRANÇAIS,

ROI D'ITALIE.

ODE

SUR LA PAIX DE TILSITT.

L'AUDACIEUX mortel qui , dans les flancs d'un chêne,
Confia ses destins aux flots séditieux ,
Sentit son cœur frémir d'une terreur soudaine ;
En n'appercevant plus que des mers et des cieux :
Tel je me sens frémir quand parmi nos Orphées,
Descendu dans l'arène, au milieu des trophées,
Du luth harmonieux j'ose tirer des sons ;
Sage vainqueur du Nord , inspire mon génie,
C'est pour te célébrer que des sœurs d'Aonie
  J'ai pris les sublimes leçons.

Il sera sûr de vivre au Temple de mémoire,

Celui dont les accens rediront tes exploits.

Nos malheurs, tes travaux, consacrés par l'histoire,

Serviront de leçons aux peuples comme aux rois.

Qu'ils écoutent mes chants : illustre infortunée,

Depuis dix-sept hivers aux regrets condamnée,

L'Europe, dans le deuil, pleurait ses jours sereins.

Maudissant la discorde en son sein renaissante,

Elle invoque la paix, et sa voix gémissante

      Exhale ainsi de longs chagrins.

« C'est donc en vain, hélas! qu'arbitre de la terre,

» J'ai cru jusqu'à ce jour à la foi des sermens.

» Verrai-je tous mes fils décimés par la guerre,

» Et le monde ébranlé sur ses vieux fondemens!

» Que prétendent ces rois acharnés à se nuire?

» Un peuple, ingénieux dans l'art de les détruire,

» Du sang de leurs guerriers trafique sans pudeur.

» Veut-il que le héros qui les épargne encore,

» Du feu de ses regards en un seul jour dévore

      » Leur vaine et fragile grandeur?

» J'ai vu de cent tyrans la puissance éphémère,

» Princes, sujets, tomber sous le glaive assassin.

» Et des enfans ingrats armés contre leur mère,

» De parricides coups lui déchirer le sein.

» Le crime eut ses palais et les temples croulèrent,

» En lassant leurs bourreaux les vertus succombèrent ;

» Le fleuve offrit aux mers un flot ensanglanté.

» Le soleil indigné vit les Francs en démence,

» Brûler un vil encens à l'impure licence,

     » Sur l'autel de la liberté.

» Un grand homme paraît, l'anarchie éperdue

» Laisse tomber sa torche et fuit dans les enfers.

» Thémis pour le guider sort du sein de la nue,

» Et de l'honneur aux Francs les chemins sont rouvert

» La discorde en rugit : à ses accens sinistres

» Le conseil des rois tremble, et de lâches ministres

» Se lèvent ; l'or de Tyr a payé leur avis.

» Nouveaux fils de la terre, engendrés sous le pôle,

» Vingt peuples sont poussés vers l'opulente Gaule

     » Des bords glacés du Tanaïs.

« D'un sénat de marchands l'avare politique

» Pour son île superbe armera l'univers !

» Assez , cruels Bretons , de votre foi punique

» Les actes oppresseurs ont diffamé les mers.

» Il est un terme aux maux que la discorde enfante :

» Je vois sur vous s'étendre une main triomphante,

» Et vos rocs menacés par les flots en courroux.

» Des Nations j'entends le terrible anathéme :

» Carthage , Scipion tiens ton heure suprême,

 » Tu gémiras à ses genoux ».

L'Europe se taisait , quand soudain l'espérance

Comme un astre nouveau se montre à l'univers.

Ses regards ont nommé le sauveur de la France ,

Les chants de la victoire éclatent dans les airs.

L'accent pur du bonheur succède au cri de guerre ;

Venez , peuples , venez, citoyens de la terre ;

Et vous, Nymphes des bois, déités des hameaux ,

A l'amour , à l'hymen consacrez vos journées ;

Et de chapeaux de fleurs à l'envi couronnées,

 Formez des chœurs sous les ormeaux.

Accourez, accourez sur les bords de la Seine ;
Il revient : que ce jour est fécond en bienfaits !
Il revient, sa promesse est-elle jamais vaine ?
Sur le char de la gloire il ramène la paix.
La France des lauriers qu'il moissonna pour elle
Se pare, heureuse amante, et sa beauté nouvelle
Doit l'éclat du triomphe aux dons de son amour.
Français, semons des fleurs. Est-ce toi, Polymnie ?
Descends : qu'à tes accords les fils de l'harmonie
   D'Astrée annoncent le retour.

Des arts au pied du trône apportant les prémices,
Qu'ils chantent nos guerriers depuis quinze ans vainqueurs ;
Qu'ils disent leurs exploits, leurs nobles sacrifices,
Et comment un héros subjugua tous les cœurs.
On l'envie.... il franchit l'empire des tempêtes ;
Mais l'exil est pour lui le chemin des conquêtes,
Le Nil à son aspect croit revoir Sesostris ;
Ses stupides tyrans désertent son rivage :
Les Francs ont délivré de leur vieil esclavage
   Les antiques champs d'Osiris.

Des brigands profitaient de l'absence d'Alcide ;
Déjà l'affreux Erix levait son front d'airain.
Bellone brandissait un glaive parricide.....
Alcide a reparu vers les sources du Rhin :
Il commande.... A sa voix les Alpes s'applanissent ;
Sous les pieds des chevaux les glaciers retentissent ;
Le bronze roule au loin sur les rocs entrouverts.
Le mont ouvre ses flancs et vomit une armée ;
L'incrédule Germain tombe.... La Renommée
    A dit sa chûte à l'univers.

Il cédait : cependant sur les flots l'airain gronde :
Le châtiment s'apprête.... ô rois ! qu'espérez-vous ?
La cause d'Albion n'est point celle du monde :
Son or rompt vos traités, Ulm tombe sous nos coups.
Les Scythes ont volé des cîmes du Ryphée....
Tels la foudre frappa les frères de Thyphée.
Mais lorsque Vienne en paix revoit son souverain,
Le fils des Frédéric insulte à notre gloire !....
Un seul jour de Rosback a vengé la mémoire :
    Tout cède à l'homme du destin.

Chantez, Muses, chantez et les Francs et leur père,

Et l'empire des lys soutenu par son bras ;

Cent triomphes garans d'un avenir prospère,

Et nos fils affranchis du besoin des combats ;

L'humanité régnant dans les villes conquises ;

Les fleuves enchaînés, les nations soumises ;

L'hiver, aux champs d'Eylau, ceint d'un voile sanglant ;

Les palmes d'Jéna sous des palmes cachées,

Les couronnes d'Olmutz avec pompe attachées

     Aux verts lauriers de Friedland.

Dans la langue des dieux apprenez à la terre

Ce qu'un fleuve étonné courut apprendre aux mers :

Il a vu sur ses flots s'éteindre ce tonnerre

Dont les feux menaçaient d'embrâser l'univers ;

Il a vu s'arrêter les hordes fugitives :

Les peuples et les rois s'embrassent sur ses rives ;

Tilsitt pour les guerriers prépare ses banquets.

Les Monarques rivaux ont calmé les tempêtes :

Ils font, liés d'honneur, dans la coupe des fêtes,

     Des libations à la paix.

Salut, NAPOLÉON, toi qui dans les camps même,
Du bras qui tient la foudre as fait fleurir les lois.
Les rayons de la gloire ornent ton diadême,
Fais que la paix un jour soit la gloire des rois.
Sur le sein d'Amphitrite en vain l'orage gronde,
Viens jouir du repos que tu donnes au monde,
Tu le vois à tes pieds : ta conquête est la paix.
A force de vertus triomphe de l'envie,
Et fais toi pardonner tes succès, ton génie,
      A force de nouveaux bienfaits.

Que vois-je, sur ce trône où règne la Victoire,
Quel nuage obscurcit ton front majestueux?
Il est donc vrai, le sort envieux de ta gloire,
S'est lassé de te voir si constamment heureux;
De ton fils adoptif il a tranché la vie;
J'ai vu, j'ai vu couler les larmes d'Octavie.
O tige des Césars ! leur rejetton n'est plus.
De nos rois, le premier, tu verras donc le Temple,
Jeune enfant ! un héros t'eut légué son exemple,
      Et nous admirions Marcellus (1).

(1) Heu, miserande puer ! si qua fata aspera rumpas,
    Tu Marcellus eris.   (*Virg.* Liv. VI.)

Puissance illimitée et sagesse infinie
Qui pour l'homme embellit cet immense univers,
Dont le bras a réglé le cours et l'harmonie
De ces globes de feu suspendus dans les airs;
Eternel, mon héros est ton auguste image :
Tu le fis pour régner, conserve ton onvrage;
Cesse par les chagrins d'éprouver son grand cœur.
Il rend heureux les Francs, qu'il soit heureux lui-même.
Que ses derniers neveux, ceints de son diadême,
  Soient héritiers de sa valeur.

Qu'on dise : il fut créé pour consoler la terre;
La couronne le pare et ne l'aveugle pas :
Aussi grand dans la paix que terrible à la guerre,
Les fils du peuple-roi marchèrent sur ses pas.
A ses fiers compagnons communiquant son ame,
En leur sein de l'honneur il entretint la flamme.
Toujours victorieux, à jamais immortels,
L'héritage des rois devint leur héritage;
Et l'Ister et le Rhin, et la Sprée et le Tage
  Leur devront un jour des autels.

Jour d'ivresse et d'amour ! viens, ô reconnaissance !
Le burin de l'histoire est remis en tes mains.
Taris tous les regrets, céleste bienfaisance,
Les veilles d'un grand homme assurent nos destins.
A trente ans, vieux de gloire, il surpasse Alexandre.
Ce que n'osa Louis il a su l'entreprendre.
Le premier des Césars eut son activité.
Le Tibre envie Auguste aux rives de la Seine ;
Charlemagne, vêtu de la pourpre romaine,
  Des peuples fut moins respecté.

Honneur, trois fois honneur au vainqueur magnanime
Qui replace les rois sur leurs trônes conquis !
Albion sème l'or et récolte le crime,
De la paix à la terre il fait goûter les fruits.
Glorieux avenir ! Pallas fléchit Neptune ;
Le pavillon des Francs, chéri de la fortune,
Flotte sur les deux mers de respects entouré.
Le commerce par-tout sourit à l'industrie,
Et de ses rameaux d'or couronne la patrie
  Qu'ombrage l'olivier sacré.

Dans le marbre en éclats, sur l'onde qui murmure,
Quel bras creuse, suspend ces arcs et ces chemins?
Ainsi donc le génie a dompté la nature :
Cédez à nos travaux, fiers travaux des Romains.
L'art force les torrens d'arroser nos campagnes,
Elève les vallons, abaisse les montagnes,
Emprisonne les flots et reunit les mers.
Que ne peut un mortel qu'éclaire la sagesse!
Belle Europe, il te rend ta première jeunesse,
      Règne encor sur notre univers.

Mais où va m'emporter loin des routes tracées,
De mon esprit fougueux l'essor désordonné?
Près d'enfanter soudain mille grandes pensées,
Interdit, je m'arrête et recule étonné.
Il n'appartient qu'à vous de chanter le Grand Homme,
Poètes lauréats, c'est vous que Phœbus nomme :
Rivaux heureux! tout cède à vos accords touchans.
Bardes, prenez la harpe et déposez la lance :
J'ai trop osé peut-être, et garde le silence
      Pour prêter l'oreille à vos chants.

FIN